Marc Couture

Où est
la coupe Stanley ?

Illustrations
Nadia Berghella

Collection Oiseau-mouche

Éditions du Phœnix

Éditions

© **2013 Éditions du Phœnix**

Dépôt légal, 2013
Imprimé au Canada

Illustrations : Nadia Berghella
Graphisme de la couverture : Guadalupe Trejo
Graphisme de l'intérieur : Hélène Meunier
Révision linguistique : Hélène Bard

Éditions du Phœnix

206, rue Laurier
L'île Bizard (Montréal)
(Québec) Canada H9C 2W9
Tél.: (514) 696-7381   Téléc.: (514) 696-7685
www.editionsduphœnix.com

**Catalogage avant publication de Bibliothèque et
Archives nationales du Québec et Bibliothèque et
Archives Canada**

Couture, Marc

   **Où est la Coupe Stanley
   (Collection Oiseau-mouche ; 19)
   Pour enfants.**

   ISBN 978-2-923425-95-5

   I. Berghella, Nadia. II. Titre. III. Collection :
Collection Oiseau-mouche ; 19.

**PS8605.O921O9 2013   jC843'.6   C2013-940071-0
PS9605.O921O9 2013**

 Conseil des Arts   Canada Council
du Canada   for the Arts

Nous remercions la SODEC et le Conseil des Arts du Canada
de l'aide accordée à notre programme de publication. Nous
reconnaissons l'aide financière du gouvernement du Canada
par l'entremise du Fonds du livre du Canada pour nos activités
d'édition.

Éditions du Phœnix bénéficie également du Programme de
crédit d'impôts pour l'édition de livres – Gestion SODEC – du
gouvernement du Québec.

Marc Couture

Où est
la coupe Stanley ?

Éditions du Phœnix

*J'aimerais dédier ce livre
à Manon Jolicoeur, Shane Doiron
et Scott Morneault
pour leur contribution
à promouvoir la lecture
chez les garçons.*

1

Une promesse

Ah, le hockey... Le plus beau sport au monde ! Enfiler son équipement, lacer ses patins, tenir son bâton, patiner sur la glace à toute allure au milieu de ses adversaires et de ses coéquipiers, déjouer le gardien, compter des buts. Quelle merveille ! Tout cela est fantastique.

Mais depuis mon voyage à Toronto, un nouveau rêve grandit en moi : me rendre au centre Bell. Tu veux savoir pourquoi ? Pour voir jouer les Canadiens de Montréal, bien sûr ! Ah ! Aller voir œuvrer mon équipe préférée à la finale des séries éliminatoires, ce serait extraordinaire !

Malheureusement, les billets de fin de saison sont très chers et surtout très rares. Mon père prétend même qu'ils sont impossibles à trouver. C'est sûrement pour cela que je n'y suis encore jamais allé. Il faut dire, aussi, que mon équipe préférée ne s'est jamais rendue en finale non plus. Je dois tenir compte de ce détail. Mon père attend ce moment depuis dix-huit longues années ; mais moi, j'en suis convaincu, je n'aurai pas à patienter aussi longtemps !

Depuis que je suis tout petit, je rêve de hockey. Si tu voyais les murs de ma chambre : ils sont peints en rouge avec une large ligne bleue et deux plus petites lignes blanches. Mes armoires sont remplies d'affiches et de calendriers de hockey. Je dors dans des draps aux couleurs de mon équipe, et je porte dignement la casquette du Canadien : une casquette officielle de la Ligue nationale. Je possède même un chandail du Canadien. Il est tout usé et même un peu trop petit, mais j'en recevrai peut-être un nouveau pour Noël. Quant à ma collection de cartes de hockey, que j'échange régulièrement, je les cache précieusement dans mon coffre aux trésors.

Pour assister à la finale des séries, je ferais toutes sortes de tâches ménagères! Laver la vaisselle, sortir les poubelles – ce que je déteste – et même nettoyer les toilettes – ce que j'ai en horreur! Mais pour voir les joueurs de mes yeux, je deviendrais le plus sage des petits garçons! J'ai tellement hâte! Je n'en peux plus d'attendre! J'ai insisté auprès de mon père. Et aujourd'hui, après maints efforts et sollicitations de ma part, il a accepté! À une condition…

— Julien, je te promets de t'emmener au centre Bell dès que tu auras marqué ton vingtième but de la saison. Qu'en penses-tu?

Mon enthousiasme est tombé à plat. D'un coup. Ce que j'en pense? C'est de la pure folie! Je suis un bon joueur, mais marquer

11

vingt buts dans une saison, c'est trop! C'est impossible. Cette fois, mon père exagère. J'ai accepté sa proposition à contrecœur, et je suis remonté dans ma chambre, dépité. Vingt buts… Je n'y arriverai jamais! Étendu sur mon lit, les bras en croix, je réfléchis. Il est vrai que j'ai frotté la coupe magique, mais cela sera-t-il suffisant? Mon vœu sera-t-il exaucé? Plus j'y pense, moins je me sens capable de réussir un tel exploit. Et en cas d'échec, je devrai encore attendre, peut-être un an, peut-être même plus. D'un autre côté, mon père m'offre tout de même un moyen de réaliser mon rêve. Advienne que pourra! Je dois tenter ma chance.

2

Objectif : vingt buts

C'est de la fiction, vraiment ! J'aimerais tant frotter la coupe Stanley de nouveau ; j'aimerais profiter de sa magie. Elle m'aiderait peut-être à relever mon immense défi. Heureusement que Finn est là pour moi. Nous formons une belle équipe, tous les deux, depuis que nous sommes devenus amis. Grâce à notre complicité, notre jeu s'améliore. Dans les premiers matchs de la saison, nous réussissons à déjouer les adversaires et à compter quelques buts. J'ai ajouté la course à pied et le lever d'haltères à mes séances d'entraînement quotidiennes : je dois absolument renforcer mes maigres biceps ! Mais ces victoires m'encouragent. Ainsi, de passe en passe, à chaque partie, je me rapproche de mon objectif.

Mon père affirme que je m'améliore parce que je fais des efforts de façon soutenue ; la porte de garage tout abîmée par mes lancers en est la preuve, selon lui. Finn pense qu'il s'agit de la magie de la Coupe. Peu importe ! Ce qui compte vraiment, c'est que je m'approche de mes vingt buts ! Heureusement, la saison est longue. De partie en partie, de période en période, j'enfile les buts. Le soir, à la maison, comme le faisaient les cowboys, j'entaille mon bâton et note le nombre de cannelures, espérant bientôt y trouver le compte de vingt.

Et puis, contre toute attente, le miracle s'est produit. Ce soir-là, c'était tout simplement magique ! Après une mise au jeu impeccable, Finn a reçu la rondelle et a démarré en trombe. Il a couvert à lui seul la moitié de la glace, nous laissant tous loin derrière lui. Devant le gardien, il a tenté un de ses super lancers frappés, qui a malheureusement rebondi sur les immenses jambières de ce dernier. Rapide comme l'éclair, je suis arrivé juste à temps pour bien me positionner et frapper la rondelle. Le temps s'est subitement arrêté, et j'ai eu l'impression que la scène se déroulait au ralenti. J'ai observé le disque sur ma palette, puis mes yeux se sont posés sur le gardien.

Il regardait toujours dans la direction de Finn. Sans vraiment m'en rendre compte, j'ai soulevé la rondelle qui demeurait collée à mon bâton, et d'un puissant tir du poignet, j'ai envoyé le disque en direction du filet. J'ai levé les yeux vers le tableau indicateur et j'ai cru, pour un moment, y voir apparaître le chiffre vingt.

3

Le centre Bell

Ça y est ! J'ai réussi ! Je vais voir une partie de hockey au centre Bell ! Je vais enfin pouvoir observer mes idoles de près. Enfin, je l'espère… Mon père a beau m'avoir promis une place, les billets pour le dernier match de la saison restent tout de même difficiles à trouver, je le sais bien. Les commentateurs du Réseau des sports, ma chaîne télé préférée, le répètent constamment. Acheter des billets pour voir le Canadien en série est un exploit. Mais se procurer des billets pour la dernière partie de la finale de la coupe Stanley relève de l'impossible. Et pourtant, c'est une prouesse que mon père a accomplie ! Ce matin, au déjeuner, il m'a annoncé la bonne nouvelle, sans me donner davantage de détails. Mais le plus grand exploit, c'est mon équipe préférée qui l'a réalisé : cette année, le Canadien de Montréal jouera en finales ! Tout un tour de force. Comme toujours, les experts doutaient qu'ils se rendent jusqu'à la fin des séries ; ils joueront pourtant le match le plus important de la saison. Je dois bien l'avouer, ils ont réussi, même si c'était de peine et de misère ! Une grande première, et je serai assis dans les gradins. Wow ! Le septième match contre Boston, joué devant leurs partisans. Je n'en peux plus d'attendre. J'ai hâte, j'en rêve, je n'en dors plus !

Chaque feu rouge, je m'impatiente ; chaque arrêt, je me trémousse sur mon siège, et ce n'est pas parce que j'ai envie. La file est longue, des kilomètres de patience ; d'interminables minutes s'écoulent. Nous sommes coincés sur la rue de la Montagne, dans un gigantesque serpent d'autos avançant à coup de millimètre vers le centre Bell.

Le stationnement souterrain semble complet, mais notre toute petite auto trouve tout de même une place pour se garer, entre deux grosses berlines noires. Chaque voiture arbore son drapeau du Canadien. Moi, je porte fièrement ma casquette, et mon chandail trop court. À peine sorti, je fonce vers l'ascenseur. Mon père n'a d'autre choix que d'accélérer le pas. Nous nous engouffrons dans la petite cabine déjà comble, attendant avec impatience la fin de la montée. Finalement, la porte s'ouvre.

Devant moi, à perte de vue, des partisans du Canadien se pressent.

La foule est vêtue de rouge et de bleu. Il y a des amuseurs de rues, des milliers de confettis sur le sol et des centaines de ballons dans les airs. C'est la fête! Nous nous dirigeons vers nos sièges au son des trompettes et de la musique rock. Je suis fébrile. Je tiens fermement la main de mon père. Mes yeux ne savent plus où se poser tant la foule est immense. J'ai du mal à croire que je suis ici, au centre Bell. C'est fantastique! Je prends le temps de me faire maquiller, oui, oui, comme une fille, mais interdiction d'utiliser d'autres couleurs que le bleu, le blanc et le rouge, évidemment. Hors de question d'avoir du rose dans le visage! Je me retrouve avec un gros *CH* sur chaque joue. Mon père me regarde, d'un air espiègle. Un sourire en coin, il me dit :

— Tiens, porte ça autour de ton cou.

Intrigué, je prends le petit carré plastifié qu'il me tend. J'en demeure bouche bée.

— Mais… c'est une carte *VIP* ! C'est le billet pour une loge ? Comment as-tu…

Devant mon air ahuri, mon père éclate de rire.

— Tu te souviens du directeur du Temple de la renommée du hockey à Toronto ? lance-t-il.

— Le gros monsieur ?

— Hum… oui, lui ; pour nous remercier, toi et moi, d'avoir résolu le mystère de la disparition des noms des joueurs, il nous avait fait cadeau d'une place dans une loge corporative.

Je regarde ma carte avec admiration. Je me demande ce que VIP peut bien signifier. À bien y penser, c'est probablement « Vraiment

25

Importante Personne » ou encore
« Vrai Inconditionnel Partisan. »
Je suis aux anges! Une loge, c'est
un peu haut et loin de l'action,
mais je ne me plains pas.
Évidemment, j'aurais bien aimé
pouvoir me tenir tout près de la
glace, mais les billets coûtent plus
de mille dollars; mon argent de
poche de toute une vie ne suffirait
pas. Je m'installe donc conforta-
blement sur mon siège, bien
content des frites et des boissons
gazeuses offertes à volonté. Puis,
les lumières s'éteignent.

4

Le match décisif

Le spectacle commence dans un grand fracas, suivi d'un époustouflant jeu de lumière. Un immense nuage de fumée envahit le centre de la glace. On se croirait à un spectacle du Cirque du Soleil et non pas à une partie de hockey. J'entends l'annonceur crier :

— Bienvenue à la finale de la coupe Stanley !

S'ensuit le cortège de dizaines de joueurs novices portant divers drapeaux.

— Accueillons nos Canadiens !

Puis, un à un, sous une salve d'applaudissements soutenus, nos joueurs préférés défilent sur la glace. Dans la noirceur de l'enceinte, d'énormes projecteurs illuminent la glace en traçant de grands cercles. Puis, ceux-ci se transforment en logo des Canadiens. C'est incroyable ! Quel spectacle ! La foule est en délire ! Tous les partisans crient à l'unisson : *GO Habs GO !* La projection du logo du Canadien se promène sur la glace de plus en plus vite. Il y a des dizaines de *CH* qui tourbillonnent avant de s'élancer sur la foule. Les unes après les autres, toutes les sections sont éclairées aux couleurs des Canadiens de Montréal. La musique est enivrante. Tout à coup, je sursaute, et je renverse ma boisson gazeuse. Un terrible coup de tonnerre s'est fait entendre. Dans chaque coin de la patinoire jaillit un feu d'artifice. Des lance-flammes crachent leurs feux impressionnants dans les airs. La glace devient rouge, puis bleu, et le nom de tous les joueurs apparaît en grosses lettres blanches de chaque côté de la ligne du centre. La surface de jeu devient un gigantesque écran. Je peux y voir apparaître les plus beaux paysages de la ville. Ensuite, les plus impressionnantes bagarres de la saison, ou encore les placages les plus violents. La foule hurle, siffle et chante. Puis, sans préavis, les lumières blanches, froides, glaciales, s'allument. Les joueurs s'alignent.

Un gros monsieur entame l'hymne national. Tous les partisans chantent en chœur. Ensuite, le match commence. L'arbitre laisse tomber la rondelle. Je regarde tour à tour la partie sur l'écran géant et sur la glace. Après un certain temps, mon attention se détourne des joueurs et j'observe les gradins. Les spectateurs entassés sont captivés par le jeu ; certains brandissent d'immenses drapeaux. Ceux de la première rangée se tiennent sur le bout de leur siège ; ils suivent les mouvements de la rondelle avec intérêt. Je ne peux m'empêcher de sourire : je suis si chanceux d'assister à un tel événement ! Je grignote mes croustilles et sirote ma nouvelle boisson gazeuse. Mais je commence à m'impatienter. J'écoute les commentateurs d'une oreille distraite. Et la passe à…. Et le retour en zone adverse, et le tir… C'est toujours le même pointage, zéro à zéro, après la deuxième période. Moi, je veux voir des buts ! J'espère qu'il n'y aura pas une période supplémentaire ; je veux que les Canadiens gagnent, moi. Et vite ! Malgré la frénésie, mes paupières veulent se fermer. Vite, vite de l'action ! Je ne dois surtout pas m'endormir, mais il se fait si tard. Le marchand de sable est déjà passé. Tout à coup, le son émanant de la foule monte d'un cran. Je me réveille en sursaut, et j'avance sur le bout de ma chaise. J'écoute attentivement le commentateur. Je frotte mes yeux. J'ai dû m'assoupir, juste un tout petit peu.

Il reste quinze secondes de jeu. Le Canadien exécute une spectaculaire montée. Une passe du numéro vingt-sept, et Lapierre s'empare de la rondelle. Il est seul devant le filet. Oh! Quel jeu! Quelle feinte! À gauche, à droite, il revient vers le centre. Il a complètement déstabilisé le gardien. Puis, un tir entre les jambières et… c'est le but!

La foule est en délire. Moi, j'ai bondi hors de mon siège ; j'ai échappé mon maïs soufflé et lancé ma boisson dans les airs en direction de mon père. Le but gagnant ! Les Canadiens de Montréal viennent de remporter la coupe Stanley ! Après dix-huit ans d'attente. Pour la vingt-cinquième fois ! Tous les partisans se tiennent debout et hurlent de joie. Tous les joueurs lancent leur casque et leurs gants. Ils se jettent les uns sur les autres et se font l'accolade de la victoire. Puis, on déroule un tapis noir, et un homme s'approche du micro. Il parle anglais. Je ne comprends rien à ce qu'il raconte. Pourquoi ne parle-t-il pas comme nous ? Ce n'est pas drôle, ça, mais pas drôle du tout ! Je comprends tout de même qu'il est question de la coupe Stanley. Par chance, il répète son discours en français – enfin, je crois qu'il parle français – mais avec un terrible accent, comme s'il parlait la bouche pleine de patates chaudes :

— *Che deumandeu* au capitaine *deu* l'équipe *deu* venir *cheurcher* la coupe Stanley.

Nous attendons tous avec impatience. J'ai si hâte de la revoir, cette fameuse Coupe ! Elle a voyagé tout l'hiver, et elle est de retour à Montréal pour cette occasion spéciale. Heureusement que les Canadiens l'ont gagnée. Quel malheur, s'ils avaient perdu ! La Coupe se serait rendue aux États-Unis, à Boston! Je vois le capitaine de l'équipe qui se tient debout, bien droit, sur le tapis. Les hommes, dont les habits de cérémonie ressemblent à des costumes de pingouin, s'activent soudainement. Les commentateurs ne savent plus quoi dire. La coupe Stanley n'arrive pas.

5

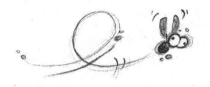

Où est
la coupe Stanley ?

La foule, toujours debout, finit par s'essouffler et, un à un, les partisans commencent à s'asseoir. On attend. Certains s'impatientent. Mais où est la Coupe ?

— Ce délai est tout à fait inacceptable ! lance mon père, indigné.

Quelque chose ne va pas, je le sens. Mais que se passe-t-il? C'est un véritable mystère, et moi, les mystères, j'en fais mon affaire. Comme je m'apprête à me lever et à sortir de la loge pour élucider ce curieux phénomène, j'entends les partisans éclater de rire. On se met de nouveau à applaudir. Je fais volte-face, j'aperçois Youppi qui patine sur la glace. En fait, il ne patine pas, il glisse, car il ne chausse pas de patins. Je regarde ce gros bonhomme orange danser et faire des cercles au centre de la glace. Heureusement qu'il porte le chandail du Canadien, car son poil est de la même couleur que le chandail des Flyers de Philadelphie. Sur sa tête trône un gigantesque casque bleu. Youppi ne porte pas de numéro sur son chandail. À la place, il arbore fièrement un immense point d'exclamation. La mascotte se rapproche ensuite de la vitre où s'entassent déjà des dizaines d'enfants. Youppi grimpe le long de la bande et se penche par-dessus la paroi transparente pour leur serrer la main. De son gros sac, il sort des serviettes blanches enroulées comme des saucissons qu'il s'empresse de lancer dans les estrades. Tous veulent attraper une serviette. Youppi se promène de section en section et demande à l'assistance de faire la vague. Il ouvre à nouveau son sac et en sort des sandwiches qu'il lance en direction de la foule. On rit, on s'amuse. Les gens le regardent ensuite faire des acrobaties. Il fait rire la foule et l'occupe pendant que l'on attend l'arrivée de la coupe Stanley, qui tarde toujours à apparaître.

Mais moi, je ne me laisse pas duper par cette tentative de distraction. Personne ne me fera plus changer d'idée : je dois trouver la coupe Stanley au plus vite. Je m'efforce d'attirer l'attention de mon père, mais il semble plongé dans une grande réflexion. Tant pis, j'irai résoudre ce mystère tout seul.

Je sors de la loge à la hâte, et je m'arrête brusquement derrière une longue file d'attente. Il s'agit probablement de partisans qui veulent se rendre aux toilettes. Je trépigne à nouveau d'impatience.

Allez, avancez, c'est que j'ai une énigme à résoudre, moi !

Je ne m'amuse plus du tout. Il s'agit sans doute d'un coup monté contre mon équipe préférée. Est-ce qu'un partisan de l'équipe adverse aurait volé le trophée? Je veux bien croire que Boston n'aime pas perdre, mais tout de même, il y a bien une limite à la jalousie. Cela dit, il me semble que l'on n'accède pas si facilement à la Coupe. Elle est protégée par deux gardes du corps, et ceux-là ne laissent pas n'importe quel hurluberlu approcher. Je suis tout à fait étonné, choqué même. C'est inacceptable!

6

Une mystérieuse
disparition

Décidément, cette coupe Stanley est vraiment sous l'emprise d'une malédiction. Pourtant, il s'agit d'une vedette incontestable. Elle devrait être heureuse de s'exhiber en public. C'est un grand jour pour elle. Elle a dû attendre

toute une saison avant se rendre
sur la glace et de devenir le centre
d'attention de toute la ville, du
pays et même du continent! Et
maintenant que nous, les partisans, nous la réclamons, la voilà
qui joue les timides! La foule
s'impatiente. Le capitaine des
Canadiens se tient toujours debout
sur le tapis. Youppi est assis confor-
tablement au centre de la patinoire.
Les partisans commencent à huer.
Le spectacle est terminé, il ne
manque que la Coupe.

Finalement, je me faufile à travers la foule et, devant moi, j'aperçois une table vide. J'entends les
dirigeants de la Ligue nationale qui
discutent. Plusieurs gardes de sécurité sont aux aguets. L'escouade de

la police arrive. Les agents ferment toutes les issues. La coupe Stanley a bel et bien disparu ! C'est incroyable ! Il s'agit sûrement d'une mauvaise plaisanterie. Ces messieurs sont tellement occupés à gérer la crise que personne ne porte attention à moi. De toute façon, j'ai un laissez-passer qui me donne accès à tout le centre Bell.

Je longe le mur pour ne pas me faire remarquer plus qu'il ne le faut. Ce n'est pas la place d'un enfant, je le sais pertinemment, mais si quelqu'un peut résoudre ce mystère, c'est bien moi ! Après tout, j'ai déjà élucidé celui de la disparition des noms du Canadien. Avec attention, j'observe le lieu du crime. Les dirigeants vont et viennent. Certains crient, d'autres hurlent, plusieurs montrent des gens du doigt; comme ils sont impolis! Sur le plancher collant, devant la table où devait se dresser la précieuse Coupe, des traces de pas de géants imprimées dans une flaque de liquide séché – probablement une boisson renversée – attirent mon attention. Un géant? Comment est-ce possible? Je me faufile entre les grandes personnes et je me glisse sous la table, espérant y découvrir d'autres indices. Là, bien accroupi, j'observe chaque détail autour de moi. Je remarque enfin une minuscule poignée de poils brun orangé, restée accrochée à un boulon. Sur le sol, repose un immense gant blanc et un tout petit bout de papier. Curieux, tout ça ! Je prends le temps de lire ce qui est écrit dessus :

Admission
Billet pour une personne
Temple de la renommée

Temple de la renommée ? Il y a donc un Temple de la renommée ici ! Au centre Bell ? Voilà un autre indice. Quelle découverte ! De ma cachette, j'entends la foule hurler et réclamer la Coupe. J'entends :

— On doit alerter la police ! Appelez l'armée en renfort !

Les gardes de sécurité ne suffisent plus à la tâche.

—Il faut appeler la Gendarmerie ! Le voleur se cache peut-être encore ici. Trouvez-moi cette Coupe !

Les gens ne savent plus quoi penser. Les murs en béton vibrent sous les hurlements des dirigeants.

— Empêchez les journalistes de venir ! Dites-leur n'importe quoi. Où sont les gardes ? Attendez que je leur mette la main au collet, à ces incompétents.

Tout ce que j'entends me laisse perplexe. Je n'ai pas le temps de m'attarder. Je sors de sous la table et je me mets à courir. Direction : le Temple de la renommée. Le billet ne peut s'être retrouvé là par hasard. Je passe devant le vestiaire des joueurs. Évidemment, on ne m'y donne pas accès, même s'il est vide. Les joueurs sont sur la glace, en train de célébrer. Je jette tout de même un coup d'œil, au cas où. Rien, pas de Coupe, mais je ne m'attendais pas à la voir traîner au beau milieu de la salle non plus. Je dois chercher ailleurs. Le temps presse.

7

Le Temple
de la renommée

Alertés par la fermeture des portes du centre Bell, plusieurs journalistes viennent s'informer. Ils réclament une explication. Je peux imaginer la une de demain. Dans tous les journaux, on pourra y lire des titres comme :

Scandale au centre Bell!
On a volé la coupe Stanley!
Mystérieuse disparition lors
de la finale!

Mais je compte bien résoudre ce mystère avant demain. Malgré la fatigue, je persévère. Si je ne retrouve pas le célèbre trophée, on aura affaire aux plus grands détectives de la planète. Je m'imagine déjà la photo de la Coupe imprimée sur un litre de lait, comme à l'époque. Ou encore épinglée sur un poteau de téléphone, où l'on affiche les petits animaux de compagnie disparus :

Perdue, coupe Stanley,
récompense promise

Récompense? Tiens, je n'y avais pas pensé : et si on me

donnait une récompense ? Ce serait merveilleux ! Pourquoi pas un abonnement pour toute une saison ? Mieux encore, un moment seul avec la Coupe : je pourrais à nouveau la frotter et faire un vœu. Un vœu de hockey, évidemment. Vite, vite, je dois retrouver le précieux trophée !

Mon esprit réfléchit à toute vitesse. Qui donc volerait la coupe Stanley le soir du dernier match de la finale ? Qui aurait cette audace ? Probablement un partisan des Maple Leafs de Toronto qui détestent le Canadien de Montréal. Ou encore les perdants, les Bruins de Boston ! Voilà, oui, ce sont certainement eux les coupables ! Mais je ne saurais expliquer comment ni par quel procédé ils ont réussi leur coup. C'est ennuyeux…

Les dirigeants de la Ligue nationale de hockey n'ont jamais eu vent d'un vol, paraît-il. Ils croyaient que la Coupe était bien protégée. Je ne voudrais pas être dans les bottes des gardiens de sécurité qui avaient la responsabilité de surveiller la coupe ce soir. Ça va chauffer, comme on dit. Ma course me conduit aux portes du musée, le Temple de la renommée du Canadien de Montréal au centre Bell. Si, comme je le crois, le billet trouvé sous la table appartient au voleur, le trophée se cache certainement quelque part à cet endroit.

En pénétrant dans le Temple, je demeure bouche bée : il ressemble comme deux gouttes d'eau à celui de Toronto, à l'exception près que ce musée ne contient que des objets appartenant aux Canadiens de Montréal, ou presque. Heureusement que mon père ne connaissait pas cet endroit ; sinon, je n'aurais jamais visité le Temple de la renommée du hockey en Ontario.

Je me tiens debout à l'entrée, flanqué de deux gigantesques statues de bronzes, sous une grande affiche. Une lumière tamisée laisse entrevoir un vrai labyrinthe. Mes yeux dévorent chacun de ces objets dédiés aux amateurs des Canadiens. Je dois regarder attentivement, tout voir, tout explorer! Mais l'urgence de la situation m'oblige à passer devant ces trésors à la vitesse de l'éclair. J'aperçois quand même des chandails, des rondelles et des cartons plus grands que nature représentant les joueurs vedettes d'une autre époque. J'aperçois des centaines de coupures de journaux, que je ne prends pas le temps de lire, évidemment; je ne suis pas comme mon père. Lui, il s'attarderait pendant des heures. Je poursuis ma visite à un rythme effréné. Je dois faire la tournée la plus rapide du Temple jamais enregistrée. Je bats sûrement un record. Je prends à peine le temps d'admirer le tout premier masque de gardien, imaginé par

Jacques Plante. Grâce à lui, les nouveaux gardiens n'ont plus le nez croche, et il ne leur manque plus aucune dent, à moins qu'ils ne mangent trop de bonbons. J'embarque ensuite à l'intérieur d'une cabine de train utilisé par les joueurs dans les années 1950. Tout cela est incroyablement fascinant, mais je ne trouve pas ce que je cherche. Je m'extirpe du wagon en me promettant de revenir le visiter une autre fois, lorsque je serai moins pressé. Pour l'instant, je dois me concentrer sur mon enquête. Les partisans s'impatientent.

8

À la recherche
de la Coupe

Je parcours les neuf cents mètres
carrés du musée. Des centaines
d'objets, d'images et d'écrans
interactifs défilent devant mes
yeux, mais je ne trouve aucun
indice. Je suis certain que les
gardes de sécurité ont déjà vérifié

les dessous d'escaliers, les vestiaires et même la benne à ordure. Les entrées et le stationnement ont probablement été scrutés avec soin. Mais où la Coupe peut-elle bien être ? Tout le centre Bell se trouve maintenant sous haute surveillance. Il ne s'est écoulé que quelques minutes depuis que j'ai quitté la loge pour soi-disant aller aux toilettes. Mon père ne doit pas s'inquiéter, pas encore, mais avec tout ce tapage, et le connaissant, ça ne devrait pas être long. Je dois trouver quelque chose au plus vite, et décidément, ici, mon enquête n'avance pas. Au pas de course, un peu irrité de revenir bredouille, je file vers la sortie du Temple de la renommée.

Un pressentiment m'arrête. Hésitant, je jette un dernier regard derrière moi. Et… Eurêka ! J'ai trouvé ! Gisant sur le plancher, un gigantesque gant blanc semble m'appeler. Je m'approche, plus fébrile que jamais, et je lève les yeux. Oh… c'est incroyable !

La Coupe. Elle est là ! Non, ce ne peut pas être la vraie ! C'est impossible… Je m'approche de la vitrine. Mais oui, elle est bien là, tout au fond de cet enclos de verre, près du mur. Un mannequin représentant Maurice Richard tient la majestueuse coupe Stanley à bout de bras au-dessus de sa tête. Je doute encore. Peut-être n'est-ce qu'une copie. Je dois en avoir le cœur net. Je me colle les yeux sur la vitre, le nez aplati comme je le fais à l'école quand je veux faire des grimaces. Scintillant dans la lumière des projecteurs, les noms des joueurs du Canadien me rassurent. C'est bel et bien la vraie Coupe. Un préposé arrive. Comme il s'apprête à m'interpeller, je m'éclipse, sans me retourner. Je n'ai pas une seconde à perdre. Je file comme une flèche à travers le dédale de couloirs du centre Bell. En deux temps trois mouvements, me voilà revenu dans la loge ou mon père m'attend.

— Tu as l'air tout essoufflé !

— Papa, j'ai trouvé la Coupe !

9

Perdue, retrouvée !

— Je te le jure, papa, c'est vrai ! J'ai trouvé la Coupe !

— Bien sûr, répond mon père, sans conviction. Tous les gardes de sécurité la cherchent ; les policiers, les détectives, les dirigeants de la Ligue nationale et ses gardes du

corps fouillent les lieux, sans succès. Et toi, tu l'aurais trouvée ?

— Crois-moi ; vite, nous devons
prévenir le directeur de la Ligue
nationale.

Je tire mon père par la main.
Nous sortons de la loge de peine et
de misère ; nous nous faufilons
dans la foule. Lorsque nous arri-
vons près des gardes de sécurité,
je demande à parler au directeur
de la Ligue. Les gardes m'ignorent,
bien entendu. Je ne suis qu'un
enfant, et les grandes personnes
ignorent les enfants, c'est un fait
bien connu. Alors, je crie :

— J'ai trouvé la coupe Stanley !

Alors, le directeur se tourne
vers moi. Ses yeux croisent les

miens un bref instant. Je répète, plus fort, croyant qu'il ne m'a pas bien entendu la première fois :

— J'ai trouvé la coupe Stanley !

Le directeur se tourne et s'approche. Enfin, il va me parler. Mais non. Il dit aux gardes, qui se tiennent droits comme des soldats de plomb :

— Dégagez-moi tout ce monde.

Rouge de colère, je hurle alors de toutes mes forces :

— J'ai trouvé la coupe Stanley ! J'ai trouvé la coupe Stanley ! C'est vrai !

— Ce n'est pas bien de mentir, jeune homme, me lance le directeur pour me sermonner. Surtout à ton âge.

— Mais je dis la vérité !

Il ne me croit pas, de toute évidence. Les larmes aux yeux, je le supplie :

— Si vous ne me croyez pas, venez voir par vous-même !

Le son de ma voix retentit à travers toute l'enceinte du centre Bell. Le directeur semble soudain surpris.

— Tu es sérieux ? me demande-t-il, incrédule.

— Bien sûr !

Je viens de lui clouer le bec. Mon père, debout à mes côtés, a l'air déconfit, gêné même. Le gros monsieur – je ne sais pas pourquoi, mais les directeurs sont toujours gros – bref, le gros monsieur regarde mon père, puis s'approche de lui.

— Dis-lui, papa, que tu es le conservateur attitré de la Coupe. Il te croira.

— Est-ce vrai ? demande le directeur.

— Oui, dit mon père tout en lui présentant une carte de visite du musée où il travaille.

— Laissez-les passer, dit-il aux gardes. Alors, mon garçon, tu prétends savoir où est la Coupe… Tu sais que j'ai horreur des mauvaises blagues, et je suis un homme très, très, très occupé présentement.

Le temps presse. Je dois interrompe le monsieur, même si je sais que ce n'est pas bien ; mais les grandes personnes aiment s'écouter parler, cela leur donne de l'importance.

— La Coupe est cachée dans le Temple de la renommée. Nous devons la prendre et la donner au capitaine.

— En es-tu certain ? Si tu me fais perdre mon temps…

— Suivez-moi vite, monsieur : vous verrez par vous-même.

Sans laisser le temps au directeur de protester, je m'éloigne au pas de course. Lui, il m'emboîte le pas en marchant rapidement, mais il est un peu ralenti par son poids. Les gardes attitrés à sa surveillance nous accompagnent. Les partisans se bousculent et tentent d'enjamber le cordon de sécurité.

10

Fracassez-moi
cette vitrine !

Je me dirige tout droit vers le Temple de la renommée du Canadien. Je reste debout, fier de moi, devant la vitrine où la Coupe apparaît, toujours entre les mains du Rocket.

— La voici ! dis-je en la montrant du doigt.

Mon père se colle lui aussi le nez sur la vitre, mais pas pour faire une grimace ; il examine le fameux trophée. Il s'exclame :

— C'est bien elle !

Le directeur ne se colle pas le nez sur la vitre, lui, car son nez est trop gros, et surtout, trop long. Tout en sueur dans son habit noir, il s'écrie :

— Vite, ouvrez cette vitrine ! Et plus vite que ça ! Mais où est le responsable ? Le temps presse ! Allez, dit-il aux gardes, fracassez-moi cette vitre !

— Briser la vitre du musée déclenchera l'alarme, monsieur, précise le garde tout étonné.

— Je m'en moque ! J'en prends toute la responsabilité. De toute façon, les policiers sont déjà ici. Allez m'en chercher un ; je lui expliquerai ce qui se passe.

Bing ! Bang ! Un bruit de verre éclaté se fait entendre. Passant mon bras dans le trou, j'ouvre la porte donnant accès à l'intérieur du présentoir. Je remarque une étincelle dans les yeux du directeur, et un sourire triomphant se dessine sur ses lèvres.

Je me précipite vers la Coupe, espérant la frotter et faire un vœu. Sans succès. Le garde s'empare trop rapidement du trophée et se dirige vers l'entrée de la patinoire où le capitaine du Canadien attend toujours, au milieu du chahut des partisans anxieux. On se dépêche de déposer la Coupe au bout du tapis. Le directeur la remet prestement au capitaine qui la prend et la soulève à bout de bras. Un tonnerre d'applaudissements et de cris éclate dans tout le Centre. Les gradins en vibrent. La victoire de notre équipe est toujours un peu la nôtre. La Coupe passe par la suite de joueur en joueur, car tous veulent y toucher. Le capitaine la reprend et exécute un rapide tour de patinoire sous les cris soutenus des partisans. La fête reprend de plus belle. Moi et mon père, nous retournons dans la loge pour assister à la fin de la célébration.

11

Vive la coupe
Stanley !

— Alors, Julien, raconte-moi.
Comment l'as-tu trouvée ? me
demande mon père.

— J'ai tout simplement pensé
que les gardes et les policiers
chercheraient la Coupe dans les

endroits les plus évidents. Puis, je me suis dit que moi, à la place du voleur, je l'aurais cachée de façon à pouvoir la reprendre plus tard. J'ai ensuite découvert des indices : sous la table où devait se trouver la Coupe, il y avait un gant blanc, des poils orange et un billet d'entrée du Temple de la renommée. Alors, j'ai simplement suivi les indices, comme Sherlock Holmes.

— Mystérieux, tout cela ! s'exclame mon père. Qui a bien pu voler la coupe Stanley ? Et pourquoi ?

— Mais il n'y a aucun mystère là-dessous !

— Ah bon ? dit-il, surpris.

— Bien sûr ! C'est Youppi le coupable ! Il a laissé des poils brun orangé, deux gants et un billet d'entrée pour le Temple de la renommée. En examinant ce billet de plus près, les policiers trouveront sûrement les empreintes digitales de la mascotte ou des fibres de son costume sur le papier. Youppi voulait peut-être juste avoir plus de temps pour faire son spectacle. Ou bien il était persuadé que les Canadiens perdraient, et il désirait cacher la Coupe pour que les Bruins ne l'apportent pas à Boston !

— Moi, je ne suis pas du tout convaincu que c'est la mascotte la coupable. Le directeur semble soulagé, par contre, et c'est grâce à toi ! Je n'ose imaginer la suite des événements si la Coupe…

Il est interrompu, car le directeur de la Ligue nationale fait une entrée inattendue dans notre loge. Il nous regarde, tout sourire, en nous tendant la main.

— Écoutez, je… tout d'abord, je tiens à vous remercier tous les deux. Vous avez sauvé la soirée. Mais toute cette histoire rocambolesque doit demeurer secrète. Il en va de la sécurité de la Coupe, vous comprenez? Je n'ose imaginer les conséquences si l'on apprenait que quelqu'un a réussi à voler ce légendaire objet. Nous perdrions toute la confiance des partisans. Le trophée ne quitte le Temple de la renommée que lors de la finale des matchs de séries éliminatoires, vous savez.

— Évidemment, vous pouvez compter sur moi, réplique mon père.

— Motus et bouche cousue! dis-je, très sérieusement.

— Bien. Quant à moi, j'essaie-
rai d'étouffer l'affaire. Tout cela
doit rester entre nous. Les deux
gardes du corps seront évidemment
remplacés. Ils étaient trop occupés
à regarder la finale.

Avant de nous quitter, le directeur nous remet, à moi et à mon

père, des billets pour la prochaine saison. Demain, il y aura une grande parade dans les rues de la ville. Je serai aux premières loges sur l'avenue des Canadiens-de-Montréal. Tous les partisans pourront enfin admirer la Coupe. Chaque joueur de l'équipe gagnante pourra la garder avec lui une journée entière. Le trophée se fera photographier et caresser, partout où il ira.

Il ne me reste plus qu'à espérer que mon équipe préférée gagne à nouveau, la saison prochaine, la précieuse coupe Stanley !

Table des matières

Marc Couture

Marc habite Gatineau, dans la région de l'Outaouais, où il enseigne aux élèves du primaire. Fort d'une imagination débordante, il ressent le besoin de raconter des histoires aux enfants. Il se décide finalement à écrire ses propres textes.

Marc nous présente le troisième de la très populaire série *La coupe Stanley* pour les six à huit ans. Humour et magie sont au rendez-vous.

Marc écrit aussi pour les neuf ans et plus une série dont le thème est l'intimidation et dont le héros est un passionné du hockey. Les jeunes lecteurs suivent Bruno autant dans son sport que dans son apprentissage à l'école.

Tous ses romans connaissent un grand succès et ont obtenu de très belles critiques littéraires.

Nadia Berghella

Je suis une gribouilleuse professionnelle ! Une Alice au pays des merveilles, une gamine avec un pinceau et des ailes… Donnez-moi des mots, une histoire, un thème ou des sentiments à exprimer. C'est ce que je sais faire… ce que j'aime faire ! De ma bulle, j'observe la nature des gens. Je refais le monde sur du papier en y ajoutant mes petites couleurs ! Je sonde l'univers des petits comme celui des grands, et je m'amuse encore après tout ce temps ! Je rêve de continuer à faire ce beau métier, cachée dans mon atelier avec mes bas de laine et de l'encre sur les doigts.

www.nadiaberghella.com

MIXTE
Papier
FSC FSC® C100212

Achevé d'imprimer en février 2013
sur les presses de l'imprimerie Gauvin,
Gatineau, Québec